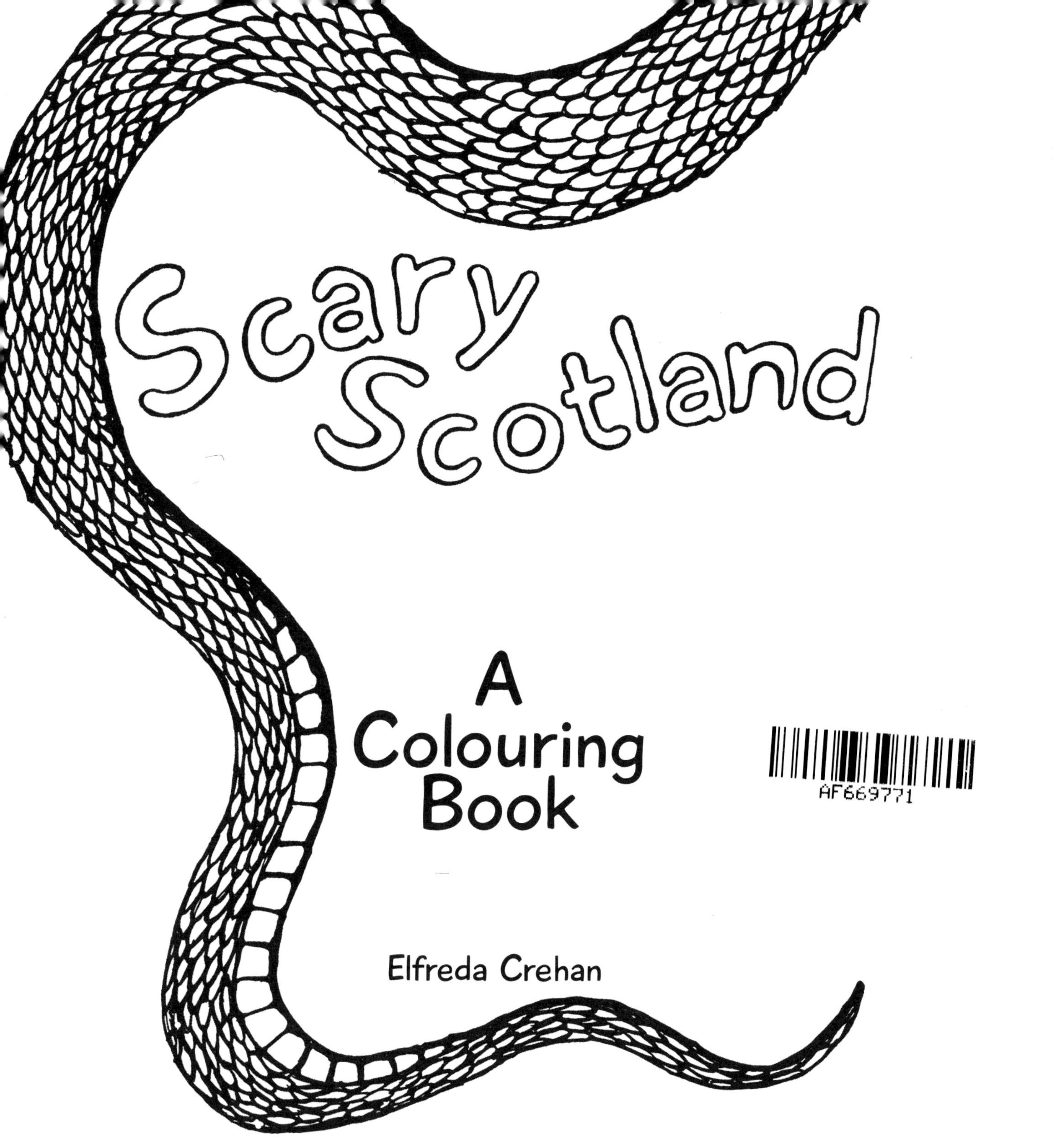

Scary Scotland

A Colouring Book

Elfreda Crehan

Published 2025 by Lexus Ltd
47 Broad Street, Glasgow G40 2QW

www.lexusforlanguages.co.uk

Cover design by Elfreda Crehan

British Library Cataloguing in Publication Data.
A catalogue record for this book is available from the British Library.

ISBN: 9781904737674

Printed in Europe by PULSIO SARL

Come awa in if ye daur!

Ye'll meet aw manner o' skeerie, frichtsome and eldritch bodies, creatures and fair fowk.

Dinna be a feartie ...

And if you want to hear the Scots being spoken just scan this

selkies

The bonny selkies bide in twa warlds.

They dook doon neath the waves
in their droukit, glaizie sealskin,
then slough it aff, sit scuddie
atap the rocks, cruinin their eerie sang.

Loch Ness monsters

Neath the drumlie douth o' the loch a hale faimily o' unbeasts keep tae themselves.

Whiles they pop up ower the watter makkin on they're a branch and giein fowks a fleg.

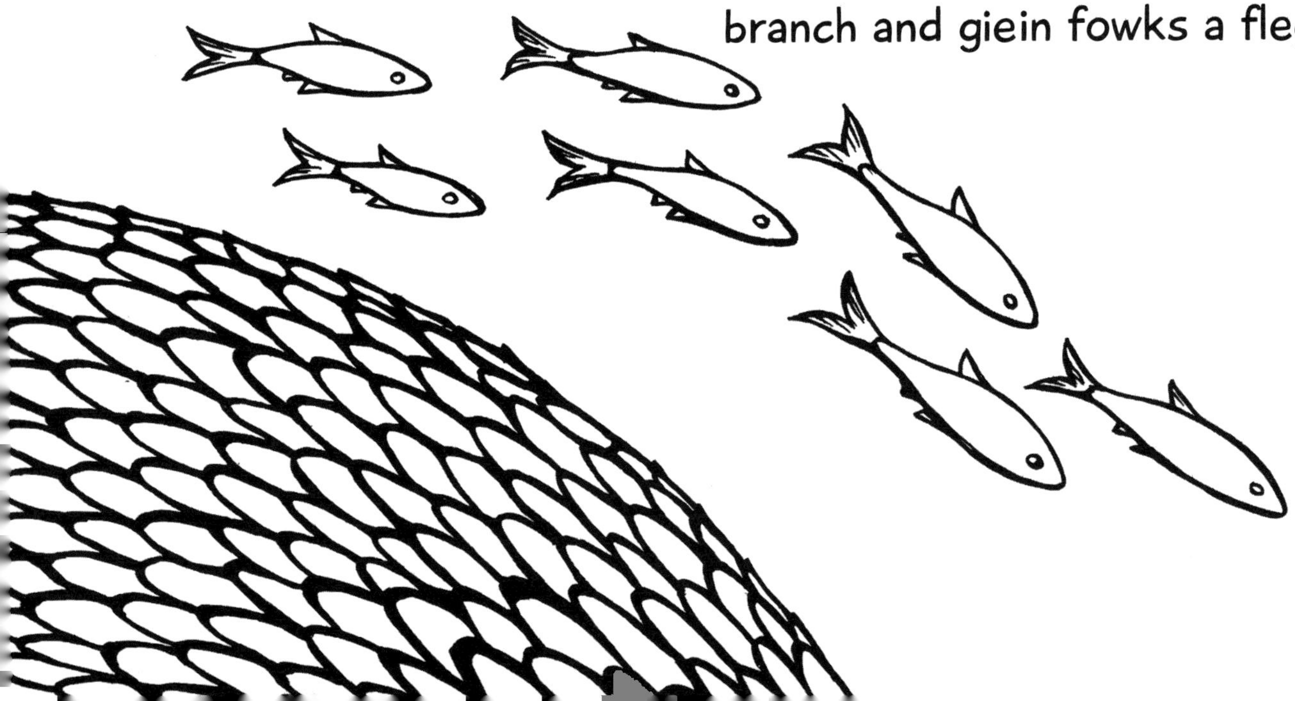

cù-sìth

Bewaur the howl o' the frichtsome fairy dug.

It rins aboot the Highlands wi its green hair and leamin een and goes efter the souls o' the leevin.

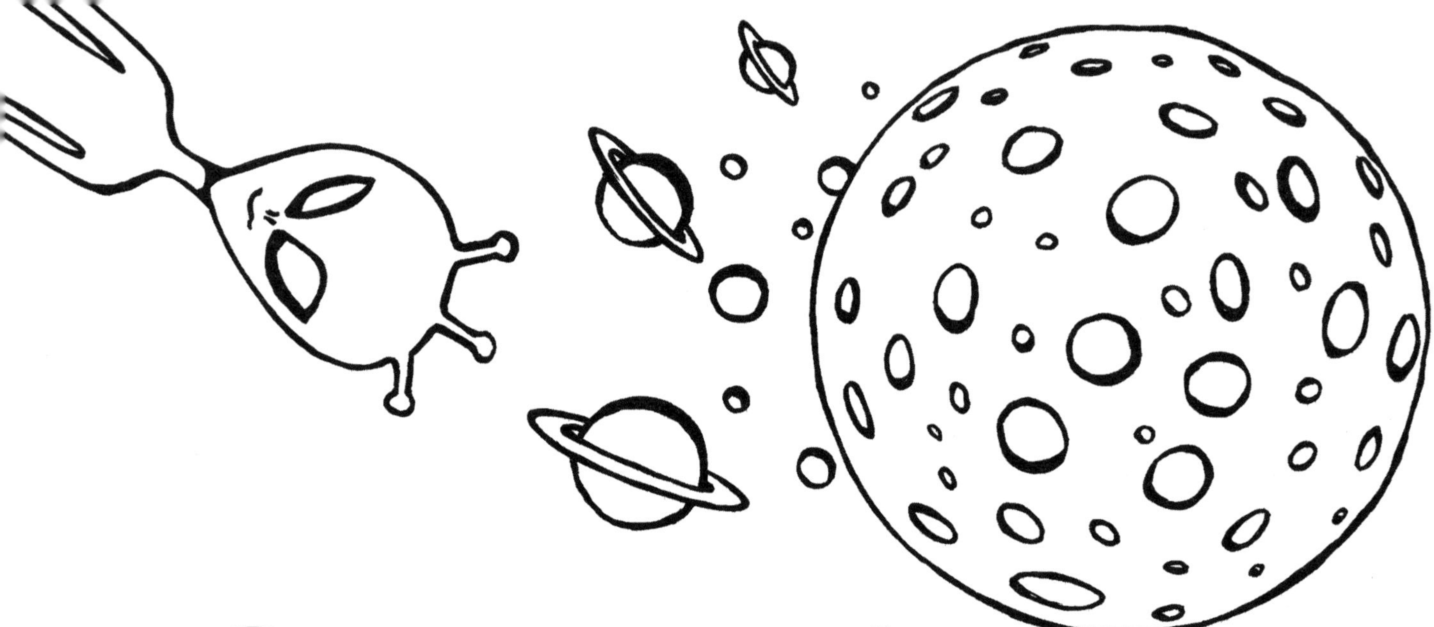

Bonnybridge UFOs

Tak tent if ye're close by this braw toon – a grand place tae spy some UFOs but bewaur ony freendly invitations tae tak a trip tae the starns – ye'll get yersel in an affa fankle!

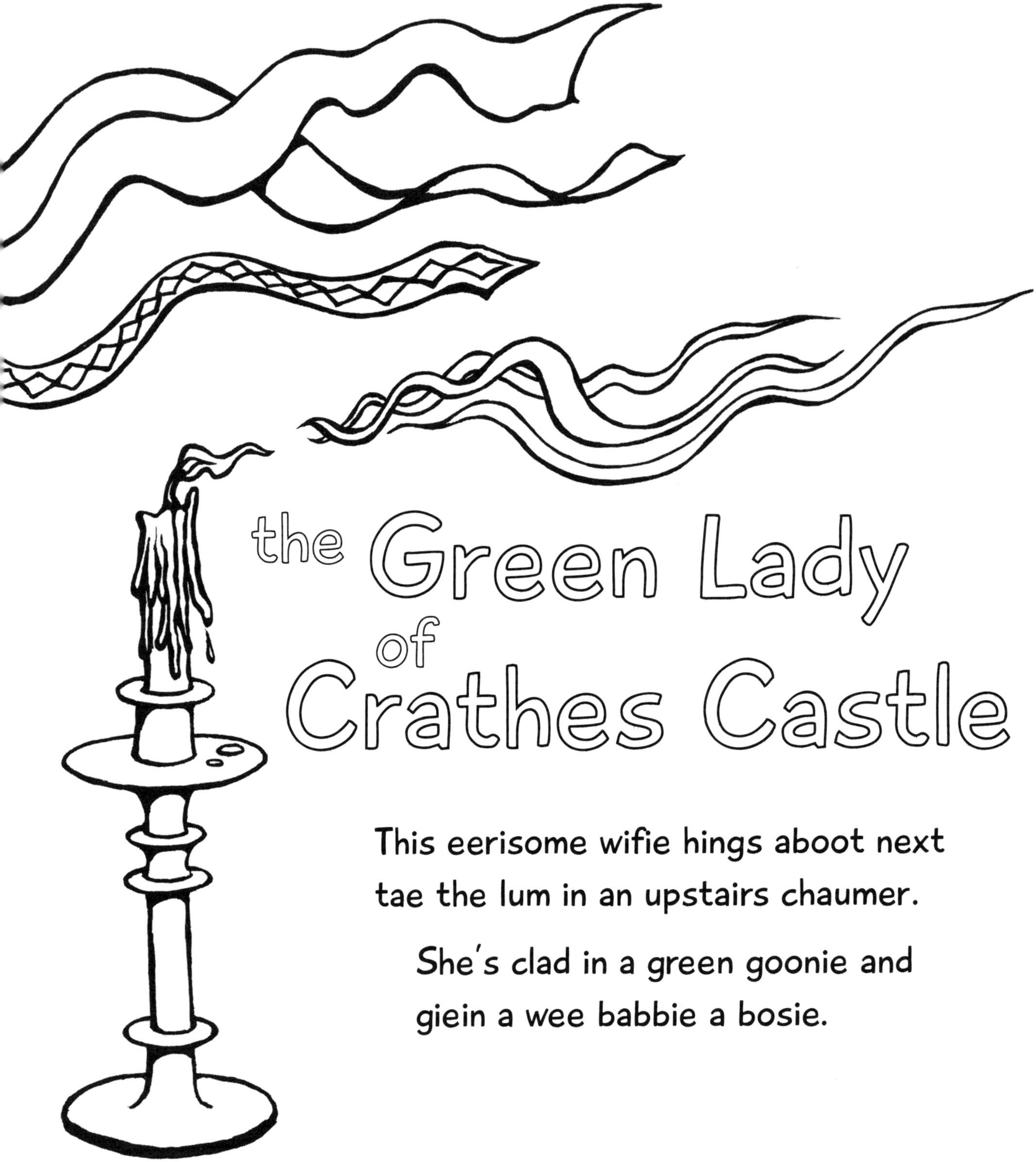

the Green Lady of Crathes Castle

This eerisome wifie hings aboot next tae the lum in an upstairs chaumer.

She's clad in a green goonie and giein a wee babbie a bosie.

kelpies

Yon dreidfu speerit stauns dreepin in the watter and drags daft bairns doon unner if they stray near tae the edge.

the ghostly piper of Culzean Castle

If ye hear the oorie skirl o' the bagpipes
ower the cliffs it'll like as no come fae
the uncannie wraith o' the piper.

the stoor worm

When the Orkney seas began tae heave and bile, the great muckle worm rose up wi its boggin breath and took doon ships, hooses and hale islands.

the Redcap

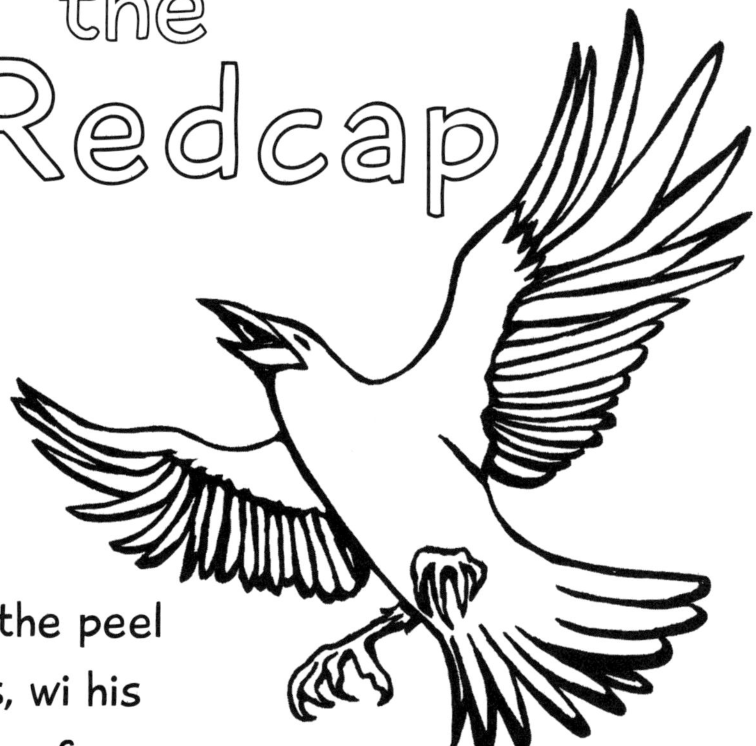

This unco chiel haunts the peel towers o' the Mairches, wi his muckle reid een, ugsome face and creukit teeth.

His lang reid cap is steeped i the bluid o' his pair rovin veectims.

the Gorbals Vampire

Ane forenicht in 1954, a thrang o' gallus weans gaithered thegither efter the schuil tae chase the Gorbals Vampire wi his fearsome gams.

He wasnae there at aw, but the weans had a grand time rampagin aboot among the lair stanes.

HERE LI
MARY

witches

Hingin oot wi the Deil, sailin in sieves and hexin the King's ship - jist twa-three things the pair "witches" were accused o'.

The high heid yins o' the Kirk and government were the real wickit deils.

the Blue Men of the Minch

When they wauk, the waves begin tae heave and the wind blaws.

The Blue Men gaither roon yer boat and receet twa lines o' verse. Ye've tae answer wi twa mair.

Tak tent mind - if yer verse is no guid enough they'll drag yer boat doon neath the waves and ye'll no be seen mair.

the gille dubh

He bides in the birk wids aw clad in leaves and moss.

The dark laddie looks a wee bit frichtsome but he's a douce and cannie body that's mibbe mair feart o' you.

Cailleach, queen of winter

This braw and dour beldame lives tapsalteerie – auld in the autumn, then young in the spring.

She rules ower the lang, dark, cauld months o' the year, when it's hoolan a gale.

She made mountains wi her stick and the wouf and craw oft gang wi her as she lamps ower the snaw.

affa awful
atap on top of
auld old
bairns children
beldame old woman, grandmother
bewaur beware
bide live
bile boil
birk wids birch woods
bluid blood
body person
boggin stinking
bosie cuddle
braw fine
cannie good, kind
chaumer chamber
chiel fellow
craw crow
creukit crooked
cruinin singing, wailing
daur dare
deil devil
dook dip
douce gentle, kind
drumlie douth murky gloom
dreepin dripping
dreidfu dreadful
droukit soaked
dug dog
een eyes
eerie weird, ghostly
eerisome uncanny, gloomy
eldritch weird, unearthly
fae from
fair fowk fairies
fankle muddle, predicament
fearsome terrifying
feart afraid
feartie coward
fleg fright
forenicht evening
fowks folk, people
frichtsome scary
gallus bold, daring
gams teeth, jaws
gang go
glaizie shiny, glossy
goonie dress
hale whole
high heid yins people in charge
hings aboot hangs about
hoolan howling
Kirk Church
lair stanes gravestones
lamps ower strides over
leamin gleaming
leevin living
lum chimney
mair more
Mairches: the Mairches the Borders
makkin on pretending
mibbe maybe
muckle big
oorie uncanny, eerie
pair poor
peel tower fortified tower
reid red
rovin wandering
schuil school
scuddie naked
skeerie scary
skirl shrill piercing sound, screech
snaw snow
speerit spirit
spy see
starns stars
stauns stands
stoor worm storm worm
tak tent mind be careful though
tapsalteerie topsy-turvy
thegither together
thrang mob
twa-three a few
ugsome loathsome, ugly
unbeast monster
uncannie spooky, malicious
unco chiel strange fellow
wauk wake
weans children
whiles occasionally
wickit wicked
wifie woman
wouf wolf
wraith ghost
yon that, those